Perrazo y Perrito

se equivocan

Big Dog and Little Dog

Making a Mistake

Dav Pilkey

Traducido por Carlos E. Calvo

Houghton Mifflin Harcourt
Boston New York

www.hmhco.com

Library of Congress Cataloging-in-Publication Data is on file.

ISBN 978-1-328-70262-3 paper over board

ISBN 978-1-328-70263-0 paperback

Manufactured in China

SCP 10 9 8 7 6 5 4 3 2 1

4500665688

Ages	Grades	Guided Reading Level	Reading Recovery Level	Lexile® Level	Spanish Lexile
4–6	K	D	5–6	160L	140L

For Samantha Jeanne Wills

A Samantha Jeanne Wills

Big Dog is going for a walk.

Perrazo va a pasear.

Little Dog is going, too.

Perrito también va a pasear.

Big Dog and Little Dog

see something.

Perrazo y Perrito

ven algo.

What do they see?

¿Qué ven?

Big Dog thinks it is a kitty.

Perrazo cree que es un gatito.

Little Dog thinks so, too.

Y Perrito cree lo mismo.

Sssssssssss.

PSSSSSSSSSSSSSSSSS.

But it does not *smell* like a kitty.

Pero no *huele* como un gatito.

Big Dog smells bad.

Perrazo huele mal.

Little Dog smells bad, too.

Y Perrito también.

Big Dog and Little Dog
had a bad day.
Perrazo y Perrito
tuvieron un mal día.

They are going home now . . .

Y ahora regresan a casa . . .

. . . just in time for a party!

. . . ¡justo a tiempo para una fiesta!

Story Sequencing
La secuencia del cuento

The story of Big Dog and Little Dog's mistake got scrambled! Can you put the scenes in the right order?

¡El cuento sobre la equivocación de Perrazo y Perrito está desordenado! ¿Puedes ordenar las escenas correctamente?

nswer Key / Respuesta: E, A, C, D, B

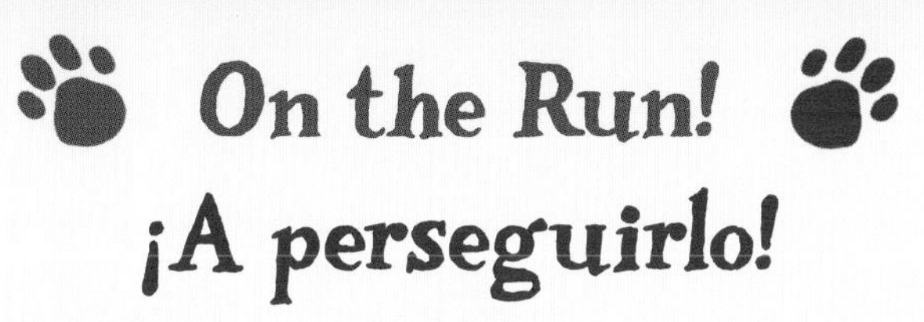

On the Run!

¡A perseguirlo!

Is that a kitty? Use your finger to trace the best path through the maze for Big Dog and Little Dog to reach it.

¿Es un gatito? Con tu dedo, traza el camino correcto en el laberinto para que Perrazo y Perrito lo alcancen.

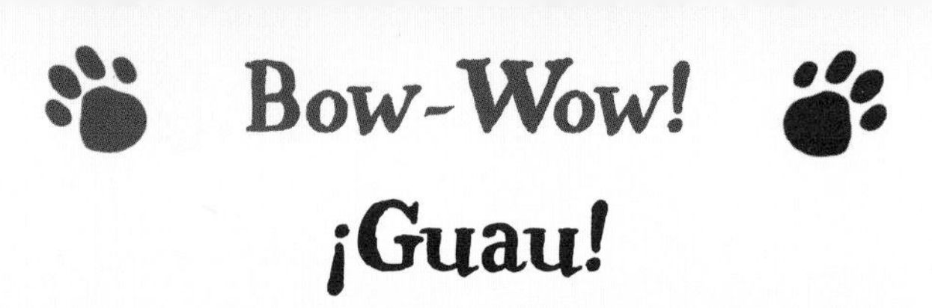

Check out these amazing dog facts.

Lee unos datos sorprendentes sobre perros.

- A German shepherd named Orient guided the first blind man to hike the entire Appalachian Trail—2,100 miles!

- Un pastor alemán llamado Orient guio al primer hombre ciego que recorrió completamente el Sendero de los Apalaches... ¡por 2100 millas!

- Norwegian lundehunds have six toes on each paw so they can climb steep cliffs, and their ears fold down and seal shut to keep out dirt.

- Los lundehund noruegos tienen seis dedos en cada pata para poder escalar riscos empinados. Sus orejas se pliegan hacia abajo para sellar los oídos y evitar que entre tierra.

- Dogs and people have many of the same organs, but dogs do not have appendixes.
- Los perros y las personas tienen muchos órganos iguales, pero los perros no tienen apéndice.

- Almost all dogs have pink tongues except for the chow chow and the shar-pei. Their tongues are black!
- Casi todos los perros tienen lengua rosa excepto el chow y el shar-pei. ¡Ellos tienen lengua negra!

- Dalmatian puppies' fur is completely white when they are born and their spots appear later.
- Al nacer, los cachorros dálmata tienen el pelo completamente blanco; las manchas aparecen después.

Fill-in-the-Blank
Llena los espacios en blanco

Use the pictures to choose the missing word from the word box.

Observa los dibujos y elige la palabra que falta. Búscala en el banco de palabras.

Big Dog and Little Dog are going for a ______.

Perrazo y Perrito van a ______.

Big Dog and Little Dog think they see a ______.

Perrazo y Perrito creen que ven a un ______.

This kitty does not ______ like a kitty.

El gatito no ______ como un gatito.

Word Box

smell
home
kitty
bad
walk
party

Banco de palabras

huele
casa
gatito
mal
pasear
fiesta

Big Dog and Little Dog smell  ______.

Perrazo y Perrito huelen  ______.

Big Dog and Little Dog go  ______.

Perrazo y Perrito regresan a  ______.

They are just in time for a  ______!

¡Justo a tiempo para una  ______!

Word Scramble

Letras mezcladas

These words from the story got mixed up! Can you unscramble them and point to the correct words in the word box? Try writing a new story with these words.

¡A estas palabras del cuento se les mezclaron las letras! ¿Puedes acomodar cada palabra y señalarla en el banco de palabras? Intenta escribir un nuevo cuento con estas palabras.

	Word Box
ESE	PARTY
TYPRA	SMELL
MEHO	BAD
DAB	WALK
LELMS	KITTY
KALW	HOME
TYKIT	SEE

	Banco de palabras
ENV	FIESTA
ATESFI	HUELE
AACS	MAL
ALM	PASEAR
ELUHE	GATITO
ARPESA	CASA
OTITGA	VEN